우리가 세상을 보는 것은

우리가 세상을 보는 것은

백기홍 시집

좋은땅

서문(序文)

　1987년 고교 문예부에 들어가 시를 쓰기 시작한 지 어느덧 36년이 되었습니다. 좋은 시를 쓰려 많은 노력을 했지만 시재(詩才)가 부족하고 세파(世波)는 거칠어 첫 시집을 내기까지 오랜 시간이 걸렸습니다.

　지난 세월 세상은 너무도 빠르게 변해 갔습니다. 그 속에서 나름 치열하게 번민한 흔적을 이 시집에 담게 되어 기쁩니다. 독자분들이 부디 어떤 편견에 사로잡히지 않은 열린 마음으로 이 시들을 읽어 주셨으면 하는 바람을 가져 봅니다.

2023년 2월

백기홍

목차

004   서문(序文)

010   시인

011   공(호)

013   바람에게 전하는 말 1

015   바람에게 전하는 말 2

017   바람에게 전하는 말 3

019   아이에게

021   일상

023   겨울바다 1

025   겨울바다 2

026   겨울바다 3

028   눈물

030   저주받은 이들을 위한 기도

032   '시'에게

034   강박증의 끝

035   Beatles, 'Let it be'에 대하여

038 우리가 세상을 보는 것은

040 개벽(開闢) 1

042 개벽(開闢) 2

044 세월

046 나는 기도가 두렵다

048 2012년 봄, 이사를 하고 나서

050 낀세대

052 나의 죄(罪)

054 내가 만들고 싶은 신조어(新造語)

055 고독한 영혼

058 2013년 봄, 이삿짐을 옮기며

060 2013년 봄, 창녕을 떠나며

062 다시 해운대에서

064 해운대의 가을바람

065 감사

066 이 시대 어떤 시를 써야 하나

068 사라지는 것들에 대한 예의(禮儀)

069 실천(實踐)

071 세월의 흔적

073 어느 가을날 아침에

075 가을바다

076 나는 혁명을 꿈꾼다

078 　우리의 혁명은

079 　바람에 관한 소고(小考) 1

081 　바람에 관한 소고(小考) 2

083 　바람에 관한 소고(小考) 3

084 　바람에 관한 소고(小考) 4

086 　바람에 관한 소고(小考) 5

087 　바람에 관한 소고(小考) 6

089 　새로운 시대

091 　나의 방

093 　내가 꿈꾸는 시인

095 　구포역에서

097 　사랑시

098 　컴퓨터를 새로 산 후에

100 　예감(豫感)

102 　쉬어 가는 날

103 　어느 노검객(老劍客)의 노래

105 　순간에서 영원으로

106 　시 쓰는 밤

108 　시를 쓴 날

109 　태을주 수행(太乙呪 修行)

110 　청수(淸水)를 모시며

112 　동양의 신(神)

113 무극(無極)

114 역사(歷史)

116 역사를 향한 예(禮)

118 봄, 어느 일요일

119 긴장과 집중

121 비 내리는 해운대

122 내 마음속에 내리는 비

123 이사를 앞두고

125 2019년 가을, 해운대를 떠나며

127 창녕(昌寧) 남지(南旨)에서

129 지천명(知天命)

130 남지에 봄비 내리는 날 1

131 남지에 봄비 내리는 날 2

132 남지에서의 어느 토요일 오후

133 창밖의 초승달 1

134 창밖의 초승달 2

135 창밖의 초승달 3

136 한여름 밤 검은 밤하늘

137 남지의 가을

139 남지장터

141 첫 번째 코로나 겨울

142 세밑 한파를 앞두고

144　관성제군(關聖帝君)을 추모하며

146　장애인 주차구역 단속

148　두 번째 코로나 겨울

149　남지버스터미널

150　기다림

152　혁명으로 가는 길

153　내 안의 혁명

155　생존혁명

157　역사혁명

159　세 번째 코로나 겨울

시인

창살에 갇혀서 바깥 이야기를 하는 사람
때로는 잊을까 두려워
부르튼 석벽에 미소를 그리는 어린 소년

익숙해진 절망의 잔상일까
쓸쓸함을 못 이겨 바닥에 앉을 때면
슬며시 적막을 저미는 한숨

1988년

공(空)

이젠
정녕 이제는
머리칼 풀어 헤치고
모든 인연 사라진 풀섶 자리에 누워
질기고 쓰디쓴 고독을 씹으며
거친 한 줌 흙이 되고 싶다

밤하늘 한구석에 시선을 향하고선
아롱지는 별들의 생애에
눈물 그득히 담긴 눈으로
희미하게 비웃어 주고 싶다

아아, 우리는 왜 이런 모습으로 웃어야 하고
우리는 왜 이런 모습으로 울어야 하나
도망자도
창을 든 용자(勇者)도 되고 싶지는 않다
결국 흐르는 세월에 두 손 묶여 끌려다니다
한 줌의 흙으로 스러져야 하는 것인가

그 어디에도 탈출구는 없는 것일까

빠져나갈 수 없는 이 우주(宇宙)의 견고함이여

차라리 텅 빈 허공이 되고 싶다

1988년

바람에게 전하는 말 1

날고 싶습니다
그대에게 손길이 있다면
나를 허공으로 띄워 주시오
우두커니 우리의 모습을 지켜보렵니다

비록
붉은색 대지와
공허한 하늘과
별빛이 그리운 원고지와
꺾여 버린 무수한 깃발 사이
지친 한탄만이 서성인다 해도
나를 사랑하는 이들의 숨결이 머무는 곳이니
연민의 날개를 접어 고이 띄우렵니다

그대여
설령 분노에 차 이 세상 험하게 스칠지라도
빗물 고인 우리의 발자국은 지우지 마십시오
모든 것이 한 줌의 흙이 되는 날

허무와 허무 속에 남는

유일한 기억이 될 것입니다

1988년

바람에게 전하는 말 2

어느 먼 곳에서 돌아와
애처로이 나를 흔드는 바람……

바람,
우울했던 어제의 기억 떨치고
그대의 영혼
하늘 끝까지 달려도 지치지 않아 주오
살아 숨 쉬는 것들
죽어 새 삶을 기다리는 것들
모두에게 그대의 마음 전하여 주오
기억한다 말해 주오
잊지 않을 것이라 말해 주오
빛이 들지 않는 어둠 속
가장 초라하게 시들어 가는 풀잎에게
그 마음 아노라 말해 주오
사치스런 동정이 아닌
우리의 슬픔으로 안다 말해 주오

바람,

그대의 긴 여정이 끝나는 날

그대와 함께한 벗의 이름으로

우릴 불러 주오

1996년

바람에게 전하는 말 3

그대, 우리에게 또 전할 말이 있는가
세상 사람들이 말하는 희망을 쫓다 지치고
벗어날 수 없는 운명의 굴레에 고통스러워하는 이들에게
그대, 또 무슨 말을 하고 싶은 것인가

사람들이 뿜어대는 온갖 설교(說敎) 같은 교훈들과
나름 진지하게 전해오던 의미들이 다 희미해지고
온갖 공허함 속에 나의 존재마저도 희미하게 느껴질 때
그대는 우리가 기다리는 어떤 손짓을 내밀어줄 것인가

바람, 그대도 그냥 흐르는 것인가
성큼성큼 지나간 세상의 세월처럼
온갖 의미로 우리를 희롱하다 그냥 가버리는 것인가

나는 그대가 전하는 말의 마지막을 듣고 싶다
나는 그대가 전하는 뜻의 마지막을 알고 싶다
이 세상의 그 누구도 전해주지 않던 빛의 소리를

이 세상의 어떤 말에서도 느껴지지 않던 불변의 의미를

그대의 스처감의 끝에서 느끼고 싶다

2008년

아이에게

아이야
울음을 그칠 때가 된 것 같구나

자그마한 날개 한번 펴기에도 비좁은 공간에서
너의 키는 쑥쑥 잘 커 가는구나
그럼에도 아이야
이리저리 뛰어노는 너희들을 보면
난 웃다가도 다시 슬퍼지곤 한단다
삶의 긴 여정 속에서
아득한 방황에 지쳐 버릴 얼굴들이
떠오르기도 한단다

그렇지만 아이야
나는 확신할 수 있단다
너희들의 슬픈 번민 속에
감지하기 어려운 어떤 아름다움이 깃들어 있음을
비록
성숙은 눈물 위에서 이루어지고

이상 또한 그 위에서 조금씩 실현되어 간다는
절름발이 논리로밖엔 설명할 수 없지만

아이야, 언젠가 때가 되면
아프더라도
정말 아프더라도
울음을 그쳐야 할 때가 있을 거란다
그럴 땐
두 눈을 감고
묵묵히
묵묵히 이겨 내는 거란다
잊지 말기를, 사랑하는 아이야

1989년

일상

푸석한 얼굴로 일어나
어머님이 차려 주신 아침을 먹고

무거운 발걸음 애써 힘을 실어
정해진 길 이탈하지 않는 순서로
하루를 밀어 넣는다

버스 옆자리의 아가씨는
졸음에 겨워 고개를 끄덕인다

큰 기대도 실망도 있지 않은
적절한 균형이 주는 마력
적절한 간격에서 읽히는
퇴근길 손에 쥔 잡지처럼

짜여진 틀을 거부하지만
그 누구도 잡지를
자기의 키보다 먼 곳에서 읽지 않는다

오차없는 내일을 계획하지만
그 누구도 잡지를
약간의 흔들림 없이 읽지 못한다

적절한 균형
무얼 바라는지 어렴풋이 알지만
무얼 두려워하는지 조금 더 알아

적절한 출렁임
어떤 뜨겁게 차오르는 것과
어떤 차갑게 침잔하는 것이 있어
출렁임 속에서도 읽히는 퇴근길 잡지처럼

하루가 흐른다

1996년

겨울바다 1

겨울바다에 가 보았습니다
젊은 날 마음을 밝히던 빛들은 하나둘 꺼져 가고
가슴에 박힌 그리움 담배 한 모금에 흐려져
아무런 희망도 가질 수 없어
아무런 의미도 가질 수 없어
하염없이 바다만 바라다보았습니다

무엇이든 버리고만 싶던 겨울
살을 에는 찬바람도 뜨거운 절망을 식히지 못하고
타는 가슴에는 수북이 재가 쌓이어
가야 할 길을 잃은 채 한참을 서성였습니다

해가 기울고 붉은 노을 번져 올 무렵에야
나는 바다가 하는 말을 들을 수 있었습니다
바람에 실려 들려오는 나직한 소리

'그대, 그대의 길로 돌아갈 것'
무어라 외쳐 대답하고 싶었지만 또다시 들려오는

아아, 그것은 너무도 두려웠던 말
'그대, 그것은 그대의 몫'

한참을 머뭇거리다 뒤돌아섰습니다
하고 싶던 말들은 모두
한 번의 파도도 견디지 못할 변명, 변명들

언제나 그랬듯이 나만의 길이 있음을……
언제나 그랬듯이 나만의 몫이 있음을……

해마다 겨울바다를 찾는 이들에게
바다는 나직이 말하고 있습니다

'그대, 그것은 그대의 몫'

1996년

겨울바다 2

바람은 언젠가 바람이 불어왔던 방향에서
다시 불어온다

새들은 예전부터 새들이 날개짓하는 모습으로
다시 날아온다

파도가 거세게 몰아쳤지만
나는 외면했다

모든 것들이 투명한 얼음에 갇혀 있다

겨울은 얼음이 더욱 단단해지는 시간

2015년

겨울바다 3

에메랄드 빛 청명한 하늘

무엇이든 삼켜버릴 듯이 몰아치는 파도

세찬 바람은 얼음처럼 시리게 온몸을 파고들었다

눈앞에 펼쳐진 끝없이 광활한 겨울바다, 그 위에 빛나는 고귀한 태양

암울했던 의식이 날선 칼날처럼 시퍼렇게 빛이 났다

그래 이런 정신으로 다시 일어서는 거다

그래 이런 정신으로 다시 길을 가는 거다

그해 겨울, 겨울바다는 내 절망의 무덤이 되어 주었다

2016년

눈물

눈물이여
인간의 눈물이여
절망의 절정에 선 날
모든 아픈 기억들을 녹여 주십시오
방황하는 이들에게
삶의 길을 미련 없이 갈 힘을 주십시오
짙은 망각의 그늘을 선물하시되
그대의 교훈만을 남기시어
다시 길을 잃지 않을 지혜를 주십시오

눈물이여
신의 눈물이여
격정을 넘어선 투명한 부드러움이시여
인간의 끝없는 욕망과
삶의 집착에 현혹되지 마시고
사라져야 할 것들과 존재해야 할 것들을 구분하십시오
사라져야 할 것들은 사라지게 하시고
존재해야 할 것들에게는 새로이 생명을 불어넣어 주십시오

그리하여 혼란과 번민으로부터 세상을 구하소서

그대의 맑은 빛이 영원히 고요하기를 비옵니다

1999년

저주받은 이들을 위한 기도

홀로 잠들 수 있는 것들은
홀로 잠들게 놓아두시옵소서
그들에게 있어 안식은 언제나 길지 않았으며
영원한 안식은 있지 않았으니
깨어나 또 다른 슬픔을 확인할 때까지
홀로 잠들게 놓아두시옵소서

홀로 탈 수 있는 것들은
홀로 타오르게 놓아두시옵소서
그들에게 있어 빛이란
자기네들끼리 비추며 즐거워하던 철없는 어린아이들이었으니
애써 희미한 옛 밝음의 기억을 뒤적거리지 않고
자신 안의 빛을 발견하며
즐거이 사라지게 놓아두시옵소서

존재해야 할 것들은 존재하게 하고
사라져야 할 것들은 사라지게 하여 주시옵소서
이루지 못할 희망들은 찢어 태우고

절망도 필요한 만큼만 잔에 채워 주시옵소서

아무런 희망도 없이 기쁨도 없이 존재하는 것처럼 역겨운 것은 없으니
온갖 혼란스러운 번뇌들은 다 없애 버리고 다만
존재해야 할 것들은 존재하게 하고
사라져야 할 것들은 사라지게 하여 주시옵소서
그리하여 마침내 해맑은 존재의 순수와
끝없는 안식의 평온함을 즐기게 하여 주시옵소서

그렇게 간명하게
우리를 다시 태어나게 하여 주시옵소서

1999년

'시'에게

세상살이에 바빠
가슴 깊이 파서 묻어
이제는 잊은 것처럼 지냈지만
시여, 너는 어느새 가슴속에서 일어나
너울거리며 춤을 춘다

그 어떤 천재의 이상도
그 어떤 찬양의 노래도 닿지 못하는 곳에 있는 너
너를 그리워하며
사람들의 영혼은 시들어가곤 했다
이상은 네게 닿지 못하는 공허함이었고
찬양은 알 수 없던 너와의 타협이었다
그보다 낮은 곳에
네 까마득한 눈길 아래
우리의 육신이 있다

우리의 육신은 현실에 있으나
우리의 그리움은 너에게로 향한다

우리의 삶이 너와 함께하기를 원한다

너를 무어라 부를까 망설였다
춤추어라 시여,
그 어떤 이상과
그 어떤 찬양도 닿지 못하는 곳에서 내려와
우리와 손 맞잡고 춤추어라
물보다 더 맑게
불보다 더 뜨겁게
우리의 모든 피흘림보다 붉은빛으로
타오르며 춤추어라
시여, 멈출 수 없는 삶의 빛나는 노래여

1999년

강박증의 끝

너는 내게 삶을 긍정적으로 살라 한다
밝게 웃어 보라 한다
난 한참을 망설였다
이제 대답을 해 주겠다
지금 이곳은 웃음이 어울리지 않는 세상
세상의 모든 절망이 끝나는 날
나도 네게 희망의 깃발을 내밀어 보이겠다

2000년

Beatles, 'Let it be'에 대하여

어느 햇살이 눈부신 여름 오후
멈추어 서 있는 고물트럭에서 흘러나오는 'Let it be'를 들었다

When I find myself in times of trouble
Mother Mary comes to me
Speaking words of wisdom
Let it be

─그대, 고통의 이유를 아는가

And in my hours of darkness
She is standing bright in front of me
Speaking words of wisdom
Let it be

─그대, 차라리 고통의 심연으로 빠져 보지 않겠는가

Let it be

Let it be

Let it be

Let it be

—해골이나 되어 버려라

　해골이나 되어 버려라

　해골이나 되어 버려라

　해골이나 되어 버려라

When the night is cloudy

There is still a light that shines on me

Shine until tomorrow

Let it be

—그대, 밝은 햇살 속에서도 고통은 살아 숨 쉰다네

I wake up to the sound of music

Mother Mary comes to me

Speaking words of wisdom

Let it be

—그대, 음악은 도피처가 아니네

　그대, 우리를 더 이상 현혹하지 말아 주게

2000년

우리가 세상을 보는 것은

우리가 세상을 보는 것은
눈부시게 푸르른 하늘을 바라보기 위한 것만은 아니었다
눈을 내려보면 우리의 시선은
어둑한 우리에게로 되돌아오곤 했다
수많은 빛과 어둠의 엇갈림 속에 우리의 가슴 속엔
이름 모를 그리움이 자라나고 있었다

우리는 세상을 보며
돋보기 같은 이념들로 세상을 굴절시켜 보지만은 않았다
이 세상에서 커 온 우리의 두 눈으로
우리는 우리를 둘러싼 것들을 또렷이 보았다
끊이지 않는 고통의 고리 속에
만인(萬人)의 행복의 길은 보이지 않았다
죄라고는 열심히 일한 것밖에 없는
순박한 사람들의 눈에 맺힌 눈물과
진정 주인되어야 할 것이 주인되지 못하는 세상을 보며
우리는 분노했으며
어떤 이들은 혁명을 꿈꾸기도 했다

세월이 흘러 다시 우리에게 다가온 혼돈의 시간

그러나 우리가 절망에 빠질 필요는 없다

회의에 빠질 필요는 없다

방관자가 될 필요도 없다

분명 깊이 병들어가는 세상을 위하여

신(神)은 우리에게 새로운 혁명을 명(命)하셨으며

그 신성(神聖)한 이름을 우리는 '개벽(開闢)'이라 부른다

우리가 세상을 보는 것은

우리에게 주어진 길이었다

침묵하고픈 소망을 부수는

우리의 모진 숙명이었다

2000년

개벽(開闢) 1

이보시게 김서방, 자네는 개벽이 뭔지 아는가?

알지요 묵은 하늘 묵은 땅이 뒤집어지고 새 하늘 새 땅이 열린다면서요

이보시게 이서방, 자네는 개벽이 뭔지 아는가?

알지요 천지신명들이 불칼을 휘두르면서 죄 많이 지은 놈들
모조리 잡아간다면서요

이보시게 박서방, 자네는 개벽이 뭔지 아는가?

알지요 개벽되고 나서 새 세상 오면 우리같이 가난한 사람들도
다 배부르고 등 따습게 산다면서요

이보시오 순이 엄마, 아줌니는 개벽이 뭔지 아시오?

알지요 개벽되고 나면 남자 여자 다 같이 평등하게 사는 세상 온다면
서요
우리 순이는 그런 세상에서 살게 하고 싶어요

그런데 개벽은 대체 언제 오나요?

2022년

개벽(開闢) 2

개벽은 자연현상
대우주의 여름에서 가을로 가는 변화

개벽은 부서짐
묵은 세상의 질서가 무너지는 것

개벽은 새로운 열림
절망의 시간이 지나가고 새로운 희망이 열리기 시작하는 것

개벽은 아픔
새로운 세상으로 나아가기 위한 어쩔 수 없는 진통

개벽은 필연
우주가 시작되던 그 시간부터 정해져 있던 숙명

개벽은 하늘의 요구
인간의 의식이 새로워지기를 바라는 엄중한 경고

개벽은 인간 완성으로 나아가는 길

그러기 위해선 우리의 의식이 깨어 있어야 한다

2022년

세월

지난 사람들의 이야기는 흘러가고
지금 우리들의 이야기가 시작된다
만나고 헤어지고 기뻐하고 슬퍼하며
때론 사랑하고 때론 잊어 가며
끊이지 못하는 목소리로 노래하는 세월
그저께 개울물이 들려주고 갔다는 이야기
우리에겐 지난 사람들의 이야기가 있고
그들에겐 그 위의 또 그 위의 어디론가 고개를 우러르는
그림 같은 사연들이 흐르고 있다
역사책에 나오지는 않지만
우리의 이야기는 아주 옛적의 자그마한 이야기들로 시작되어 온 것
태어남과 사라짐의 그 짧은 시간 사이
사람들은 어렴풋이 나타나 사라지고
어디선가 전해져 오는 그들의 이야기만 남아
우리를 흔들고 있다

우리는 우리의 이야기를 엮어 간다
이야기는 이리저리 넘실거리다

우리가 스러진 뒤에 어디론가 굽이쳐 갈 것이다

우리가 그러했듯

우리의 이야기들을 이어받을 이들은

어떤 모습으로 사랑하고 슬퍼할까

그들도 우리만큼 방황하고 분노할까

황량한 벌판 앞에 선 날이면 그들 또한

그들의 삶을 잉태했던 우리의 다사(多事)했던 이야기에

뜨겁게 눈물 흘릴 수 있을 것인가

2004년

나는 기도가 두렵다

나는 기도가 두렵다
나의 소망은 내가 만든 것이 아니었다
나의 소망은 바람 앞의 촛불처럼 위태롭다
그런 소망을 가지게 되는 것이 두렵고
그런 소망을 빌어야 하는 것이 괴롭다

해가 갈수록 이루지 못한 소망들은 쌓이어
기도의 시간도 길어져 간다
소망이 쌓일수록 살이 쪄 몸이 무거워지는 기분이다
소망이 쌓일수록 나를 둘러싼 것들에 집착이 강해진다
소망이 쌓일수록 더 빨리 늙어 가는 기분이다
그래서 나는 소망이 두렵고 기도가 두렵다

나는 기도가 두렵다
기도를 하면 잊고 싶었던 내 옛 모습도 선명하게 되살아난다
잊고 싶은 과거와 정면으로 마주하는 것은 괴로운 일이다
그래서 나는 기도가 두렵다

신은 죄 없이는 살 수 없는 세상을 이루시고
그곳에서 짓는 죄를 용서해 달라고 빌라 하신다
죄 많은 세상에 어쩔 수 없이 매여 있는 나는
기도를 하면 할수록 신의 밧줄에 묶인 나를 자각하게 된다
자유를 갈망하는 나는 그래서 기도가 더욱 두렵다

2009년

2012년 봄, 이사를 하고 나서

깊은 밤 새 집에 드러누워 옛 집에 있던 그를 기억한다

그는 보이지 않는 상처가 많은 사람이었다
깊은 밤이면 아픔으로 끙끙거리며
상처를 애써 동여매고 힘겹게 잠이 들곤 했다

모진 겨울이었다
몇십 년 만의 혹한이라는 말이 일기예보에 계속 나왔다
수도관이 얼어 물이 나오지 않기도 하고
화장실에 나 있는 큰 구멍으로
얼음같이 시린 찬바람이 휘몰아쳤다
허나 그보다 힘든 것은 기나긴 기다림이었을 것이다
희망이 올 것이라는 기다림

그의 희망은 제법 거창했다
'한 줄기 강물로 흘러 고된 땀방울 함께 흘러
드넓은 평화의 바다에 정의의 물결 넘치는 꿈~'*
그런 노래를 읊조리며 하루를 보내곤 했다

노래는 온전한 위로가 되지 못했고
그는 주저앉아 그날의 담뱃값을 세어 봐야 했다

그는 지금도 그 집에서 노래를 부르고 있을까
그가 노래하던 희망이 지금도 이어지고 있을까
지난 상처도 추억으로 바꾼다는 세월의 힘을 믿으며
나는 그를 다시 추억한다

2012년

* '노래를 찾는 사람들'의 곡 '그날이 오면'의 가사 중에서

낀세대

내 또래의 한 벗은 우리를 '낀세대'라고 불렀다
무엇에 끼었을까
잊혀져 가는 과거와 낯선 현재를 살아가며
혁명과 자본 사이에 끼었다 간단히 말할 수 있을까

'낀세대'의 소망으로
우리를 끼이게 한 역사의 틈을 이어 붙이고 싶다
두 역사의 엇갈린 부분을 잘 마름질해서
빈틈없이 잘 이어 붙여
다시는 떨어지지 않게 상처도 남지 않게
정형외과 의사의 섬세한 바느질로 꿰매고 싶은 것이다

조국을 향한 사랑과 연인을 향한 사랑을
통일에 대한 열망과 취업에 대한 열망을
정의를 추구하던 열정과 고급 외제차를 향한 집착을
무사히 이어 붙이는 불가능을 소망하는 것이다

역사는 고요히 흐르지 아니하였다

비바람 거센 날 파도처럼 쉼 없이 거칠게 몰아쳤다
뒷파도는 앞의 파도를 매섭게 내리쳤다

이렇게 내리침을 당하는 내가
마음 한구석 과거로의 회귀(回歸)를 바라는 내가

꿈꾸고 있다
'단절된 역사의 상처 없는 이어짐'을

2012년

나의 죄(罪)

올해도 더 몸이 무거워졌나
방청소 하는 게 더 힘들어졌다
해가 갈수록 게을러지는 것은 나이 탓일까
그럼 해가 갈수록 마음이 무거워지는 것은 왜일까
아마도 내가 지은 죄가 쌓여서일 것이다

책상머리에 앉아
내가 쌓아 온 죄들이 무엇인가 생각해 본다
온갖 이념의 잔치가 썰물처럼 빠져나가던 시절
재빨리 자본의 뻘밭에 발 디디지 못한 것이 죄일까
친구들이 하나둘 이상과 상념에서 벗어나 생존의 길로 달려갈 때
버려야 할 짐들을 버리지 못한 것이 죄일까
역사 앞에 당당하려 했던 나의 노력마저도
한 시대가 지난 지금 죄가 되는 것일까

강물도 흐르고 바람도 흐르고 세월도 흘렀다
아직 버리지 못한 나의 짐들은

미련이라는 이름으로 가슴 한구석에 쌓아 두고
나는 그저 나의 죄값을 치르려 한다

2012년

내가 만들고 싶은 신조어(新造語)

1. 역사인(歷史人)

: 역사의 발전, 혹은 사회 정의의 실현, 혹은 공공(公共)의 복리(福利)
증진을 삶의 첫 번째 목적으로 정하여 살아가는 인간

2. 국수주의(國守主義)

: 그 나라의 역사, 전통, 가치, 문화를 합리(合理)적으로 계승, 발전시
키려는 지향(志向)

2012년

고독한 영혼

명리학계의 전설 박도사님[*]의 제자 정암 선생님께
상담을 하러 갔다

정암 선생님 내 사주명식을 보시고 하시는 첫 말씀
"고독한 영혼이구만."

그래, 고독했지
사주팔자가 그래서 외롭기도 했지만
이상(理想)이 외로워서도 외로웠다

나의 이상은
역사인(歷史人)들이 다스리는 대한민국
국수주의(國守主義)가 실현된 대한민국

표현할 말이 없어서
상념(想念) 속을 떠돌던 외로운 이상을 위해
오랜 날을 고민한 끝에 말을 새로 만들어야 했다
그도 외로운 일

실력이 부족해서 시집을 내지는 못했지만
그래도 어언 30년을 시를 써 왔다
언어와의 싸움,
그도 외로운 일

공허한 세상
무언가 새로운 것을 찾기 위해
책과 씨름하던 많은 날들,
그도 외로운 일

외로운 이상,
외로운 일,
그 누구도 알아주지 않는 일,
돈이 안 되는 일

그러나 버릴 수 없는 나의 숙명(宿命)

"고독한 영혼이구만!"

2017년

* 고(故) 제산(霽山) 박재현(朴宰顯) 선생님

2013년 봄, 이삿짐을 옮기며

이곳에 온 지 일 년이 채 되지 않아 다시 이삿짐을 나른다
바쁘게 움직이다 방구석을 보니
그는 뒷모습만 보이며 가만히 앉아 있다

방구석에는 네 발 달린 자그마한 상이 있었다
그는 그 상 앞에서 담배를 피며
깊은 밤까지 앉아 있곤 했다
이 방 허공에 깊은 고뇌를 쌓아 왔었다

그는 이 방을 떠나지도 않으며
영원히 사라지지도 않을 것이다
그런 그를 두고 나는 먼 곳으로 가야 한다

이사를 할 때마다 그는 한 명씩 빈방에 남아 있었다
무얼 바라며 우두커니 앉아 있을까
나의 아픔인 그들을 나는 잊고 싶지만
그들은 내가 다시 그들을 찾아 주기를 기다리는 것일까
그러나 그들과 화해하기에 나는 너무나 멀다

새로운 집에서 나는 다시 새로운 그를 만들고
매일 그와 만나며 깊은 시름을 쌓아 갈 것이다
그리고 언젠가 다시 그와 이별을 할 것이다

그들을 생각하면 나는 아프고 그들을 잊어버리고도 싶지만
언젠가는 그들이 나의 모든 것이 될지도 모른다

아, 나는 언제쯤에야 그들을 따스하게 안아 줄 수 있을 것인가

2013년

2013년 봄, 창녕을 떠나며

이사를 하는 데는 하루면 충분했다
지금의 집이 옛 집이 되는 데도 하루
지금의 삶이 옛 삶이 되는 데도 하루
매일 가던 가게 아주머니의 웃는 얼굴도
며칠 동안 기다렸다 뜨거운 물에 피로를 풀던 목욕탕도
하루 만에 돌아갈 수 없는 추억이 되어 버렸다

그래, 그곳에서 병든 아버님을 하늘로 보내 드렸고
나의 황량한 40대를 지켜보아야 했다

가진 게 별로 없는 힘없는 몸이라
세월따라 바람따라 많이도 흘러 다닌다
지금 이 집도 언젠가는 옛 집이 될 것이다

나는 나를 위로한다
지나간 기억이 된 옛 집과 옛 삶이지만
그곳에서 하루하루 빚었던 꿈들은 조금씩 커져서
이제 나름 알찬 희망이 되지 않았느냐

무릎을 꿇고 올린 하루하루의 기도들이 모여서
이제는 꺼지지 않는 내 마음의 등불이 되지 않았느냐

길고도 허무한 삶의 길에서 믿을 수 있는 것은 그래도
내가 하루하루 앞으로 나아가고 있다는 것 아니겠는가
아프고도 아련한 옛 기억들은
내가 피우고자 하는 꽃의 좋은 거름이 될 것이다

밤바람이 아직도 차다
나의 온전한 봄은 아직 오지 않았나 보다

2013년

다시 해운대에서

11년 만에 다시 해운대로 돌아왔다
이곳저곳으로 이사 다니며 멀어져 있다 돌아와
그때 그 자리에 다시 서서 바라보는 바다
넘실거리는 바다 물결은 변함이 없지만
주위 곳곳에 고층 건물들이 새로 들어서고
좁고 어둡던 길들은 넓고 깨끗하게 바뀌었다
밤이 깊으면 화려한 조명 불빛 아래 나는 초라해진다

그 옛날에는 방황이 좀 심했지
술에 취하지 않고도 깊은 밤 이 골목 저 골목을 헤매었었다
나름 깊은 생각에 잠겨 먼 바다를 하염없이 바라보곤 했다

그 시간들은 어디로 갔을까
그 순간순간들은 지금 어디에 살아 있을까
저 깊은 바다 밑바닥에서 살아 숨쉬며 나를 지켜보지 않을까

11년 전의 해운대와 지금의 해운대

그 사이로 한줄기 바람이 지나간다

2013년

해운대의 가을바람

바람은 이십여 년 전이나 지금이나 무표정하다

지친 발걸음을 옮겨 해운대 바닷가를 바라보며
다시 바람을 맞이하였다

아, 삶은 이 넓은 바다에 한 줄기 바람이었어라
머물지도 않고 멈추지도 않는 긴 여정
지쳐도 다시 나아가야 하는 고단한 길

아무 상념 없이 가을 바다를 바라보고 싶었지만
바람은 나의 마음을 흔들었다

머물지 않는 바람이 다시 나를 흔들며 말한다
바람이 그러하듯 나의 가는 길도 멈추지 말라고……

2013년

감사

고요한 밤에 중고로 산 낡은 컴퓨터로 음악을 들으며 시를 쓸 수 있다는 것
햇빛이 들어오지 않는 답답한 방이지만 한겨울 밤 따뜻하게 보낼 수 있다는 것
담뱃값이 무지 올랐지만 시상(詩想)을 떠올리며 한두 개피는 마음 편히 피울 수 있다는 것
오랫동안 가지지 못했던 이 여유에 가슴이 뜨거워진다

나는 감사를 올린다
이 여유를 내게 선사해 준 모든 존재들에게
그리고 나는 다시 감사를 올린다
이 여유를 감사하게 느낄 수 있게 만든 나의 고단했던 지난날에게

2015년 1월 6일

이 시대 어떤 시를 써야 하나

이 시대 나는 어떤 시를 써야 하나
한겨울 깊은 밤 방 안에서 나는 기억한다
1993년 텅 빈 동아리방에서 절망감에 젖어 창밖을 바라다보며 담배
를 피우던 그때부터
2015년 자본의, 자본에 의한, 자본을 위한 대한민국이 되어 버린 지
금까지
내가 한 일이란 처음 그때 그 자리에 겨우 서 있었을 뿐이었다

세월의 강은 참으로 깊고도 차가웠다. 물살은 거세었다
나는 단 한 걸음도 물살을 거스르지 못하고 그 자리에서 버티었을 뿐
이었다
그러나 그것도 내게는 참으로 힘겨웠다

시베리아에서 불어오는 바람으로 겨울은 너무나 추워졌고
세상은 하루가 다르게 미친 욕망으로 춤추며 빠르게 달려가고 있다

아, 이 시대 나는 어떤 시를 써야 하나
살아남은 자의 슬픔은 선배들의 몫이었다

이젠 배 나온 40대 아저씨가 된 나는

적당히 타협하고 적당히 비굴해져야 할 세월이 기다리고 있다고 한

탄해야 하나

그래도 아직 한 줌 붉은 피가 남아 있어

나의 이상은 버리지 않았다고 스스로 위로해야 하나

아, 그리하여 이 시대 나는 다시 어떤 시를 써야 하나

아직은 깊은 밤이면 가슴속에선 한 자루 날선 칼이 울어 대는데

아직은 싸움이 끝난 것이 아니라고 나의 영혼은 나의 귀에 속삭이는데

2015년 겨울, 나의 시는 갈 길을 잃었다

2015년 1월 12일

사라지는 것들에 대한 예의(禮儀)

마트에서 물건을 사다 슬라이드 핸드폰을 떨어뜨렸다
핸드폰은 고장이 나지 않았지만 투명 플라스틱 덮개가 떨어져나가
잃어버렸다
5년을 함께한 내 삶의 한 부분이 떨어져나가 사라졌다
허전하게 벗겨진 핸드폰을 보며 나는 생각한다
이 핸드폰을 처음 살 때는 그 덮개도 내겐 작은 기쁨이었다
사라지는 것들의 흔적 속에서 살아있는 것들은 살아간다

모든 살아있는 것들은 사라지는 것들에게 예의를 갖추어야 한다
사라지는 것들이 있음으로 그들은 살아있을 수 있으므로,
모든 살아있는 것들은 사라지는 것들에게 예의를 갖추어야 한다
언젠가는 사라질 자신들의 길을 먼저 가는 선배들이므로

2015년

실천(實踐)

나는 '실천(實踐)'이라는 말을 사랑했다
'실천'이라는 말에서 빛이 나는 듯 했다
그 어떤 종류의 사랑에도 실천이 필요하다고 생각했다
나도 나의 이상을 위해 실천하는 삶을 살고 싶었다

그러나 나의 실천은 노력에 비해 늘 결실이 적었다
나는 쉽게 지치는 날들이 많았다

세월이 흘러서야 나는 알 수 있었다
실천만큼 중요한 것이 실천하는 나 자신이라는 것을
난 실천은 사랑했지만 실천하는 나 자신은 별로 사랑하지 않았다
그것이 나의 오류였다

내가 나를 진심으로 사랑했다면 나에게 좀 더 관심을 가지게 되었을
것이다
나에 대한 관심이 깊었다면 나에게 필요한 것들을 더 자세히 알았을
것이다
나에게 필요한 것들을 잘 알았다면 나는 쉽게 지치지 않았을 것이다

내가 쉽게 지치지 않았다면 보다 더 많은 것들을 이루었으리라

새로운 실천을 꿈꾸는 이들에게 말하고 싶다
실천을 사랑하는 만큼 실천하는 자신을 사랑하라고……

2017년

세월의 흔적

컴퓨터로 시를 쓰고 나서는
저장하기 버튼을 눌렀다가
다시 불러오기 버튼을 눌러 제대로 저장되었는지 확인을 하고
다시 저장하기 버튼을 눌러야만 마음이 놓이는 건

더 이상은 소중한 것을 잃고 싶지 않은 이유
이미 많은 소중한 것들을 떠나보내었으므로……

밥을 먹을 때 젓가락 짝을 맞춰서
식탁에 밥과 반찬을 반듯하게 정리해서 바르게 앉아 식사하는 건

더 이상은 흔들리고 싶지 않은 이유
이미 오랜 세월 너무 많이 흔들렸으므로……

여러 번의 치과 치료로 비싼 비용을 치른 후
양치질을 구석구석 한참을 해야 마음이 놓이는 것은

가벼운 지갑이 혹시나 또 비게 될까 봐 두려운 이유

가난한 세월이 남기는 흔적……

2017년

어느 가을날 아침에

꿈을 꾸고 잠이 덜 깨어 일어났다

돌이켜보면
젊음이 젊음인 줄 모르고 살았다
외로움이 외로움인 줄 모르고 살았다
그냥 복잡한 생각 없이 나의 길로 달려가고 싶었다

무엇을 찾아 많이도 헤매었지만
돌아보니 제자리이다

청춘도 사랑도 떠나갔다
떠나야 할 것들이 떠나니 오히려 마음이 편안하다

빵 몇 조각을 먹고 잠시 누웠다

이 순간만큼은 모든 집착에서 벗어나
나의 삶마저도 관조(觀照)하고 싶다

창밖의 귀뚜라미 울음소리 나를 위로한다

2017년

가을바다

한바탕 긴 정사(情事)를 마친 뒤 누워 있는 여인처럼
바다는 은은하게 빛나고 있다

지난 여름은 뜨거웠다
뜨거운 태양 아래
모래사장에는 옷을 벗은 남녀들이
그들의 뜨거운 이야기를 만들다 사라졌다

뜨거운 것은 식어 가면서 여운을 남긴다

나에게도 여운이 남아 있다
그리움이라고 부를 수도 있겠지만
다시 뜨거워질 수 있는 희망이라고 부르고 싶다

2017년

나는 혁명을 꿈꾼다

나는 혁명을 꿈꾼다
내가 혁명을 꿈꾸는 이유는
사람들이 말하는 '개혁'이나 '변화'로는
사람들의 엉클어진 머릿속을 근본적으로 바꾸기 어렵기 때문이다

그렇다 나는 의식의 혁명을 꿈꾼다
사람들의 의식은 고무줄과 같아서
잠시 새로워졌다가도 다시 자신이 살아왔던 그 상태로 되돌아간다

사람들의 의식을 근본적으로 바꾸기 위해서는
벼락 치듯 온몸을 뒤흔들 빛이 필요하다
쉼 없이 사람들을 전율케 할 그 무엇이 필요하다

꼭 피를 흘려야만 혁명이 이루어지는 것은 아니다
그러나 많은 어려움이 따르는 것은 어쩔 수 없다

그 누구도 내가 이런 꿈을 꾸는 것을 알지 못한다
나 홀로 깊은 밤 거듭하여 생각하고 또 생각한다

그리하여 혁명은 꿈꾸는 시작부터 외로운 것임을 나는 잘 안다

나는 이 시대에 혁명이 필요하며 그때도 가까이 왔음을 안다
내가 어떻게 그런 인식에 다다랐는지 묻는다면 뭐라 딱 부러지게 할
말은 없다
다만 내가 아는 아주 조금의 진리와 나의 직관(直觀)으로라고나 할까

다만 세상이 확실히 보여 줄 것이다
새로운 혁명의 빛나는 아름다움을
새로운 혁명의 뜨거운 감동을

2017년

우리의 혁명은

우리의 혁명은 총칼로 이루어지는 것이 아니다

우리의 혁명은 화염병과 쇠파이프로 이루어지는 것이 아니다

우리의 혁명은 우리의 의식 속에서부터 일어날 것이다

그러나 그것도 결코 쉬운 일이 아니다

혁명은 결국은 동질적(同質的)이므로……

2017년

바람에 관한 소고(小考)* 1

아무 곳에도 걸리지 않는 바람을 동경하여 그처럼 살고 싶었지만
세상에 얽힌 몸이라 내 몸은 이리저리 묶여 살았다

빛깔 없이 투명한 바람을 동경하여 그처럼 살고 싶었지만
세월이 지나고 보니 나의 색깔은 음울한 회색이 되어 있었다

바람이 가는 곳을 동경하였지만
나는 가지 못하는 머나먼 곳이었다

그러나 언젠가 내가 실어 보낸 소망들을 안고 바람은 다시 나를 찾아
오리라
그리고 나에게 물을 것이다 그대의 꿈은 아직도 살아 있느냐고……
나는 바람을 말없이 안아 줄 것이다

바람은 아직 내 안에 있다

* 소고(小考): 체계를 세우지 않은 단편적 고찰

바람에 관한 소고(小考) 2

촉촉이 비 내리는 초여름 저녁
시원한 바람이 분다
마음이 평화로워져 온갖 시름이 사라지는구나

바람은 이렇게도 정겹게 나를 위로하는구나
망망대해 바다를 건너며
높디높은 산봉우리를 지나며
거친 황야를 스쳐가며
바람도 많이 외로웠을 것이다

바람에게도 벗이 필요하지 않을까
비가 첫 번째 벗이 될 것이고
아마 다음은 밤하늘 달빛이 어울릴 것이라

달빛 휘영청하고
비바람 불어 대는 밤이면
바람이 벗들과 더불어 행복하리라 생각해도 될까

바람, 이젠 그대 더 이상 외롭지 않기를……

2018년

바람에 관한 소고(小考) 3

한겨울 아침
이런저런 근심이 많아 문밖을 나섰더니
차가운 바람이 불어 가슴을 시원하게 식힌다

바람은 내가 아직 살아 있음을 느끼게 한다
살아 있다는 것,
그것은 차가운 겨울바람을 온몸으로 맞는 것

살아 있음을 감사하게 만드는 바람
나도 그 누구에게 그런 바람이 될 수 있을까

2019년 2월 9일

바람에 관한 소고(小考) 4

바람이 불었다
바람은 하늘에서 불어오는 것만은 아니었다
저 먼 역사로부터도 불어왔다
때때로 피 냄새도 난다

새 시대를 열었던 사람들은 그랬지
암흑의 그림자 속에서 한 줌 빛을 가슴에 안고
미지(未知)의 허공으로 몸을 던졌다

해는 떴다 지기를 반복하고
사람들은 끊임없이 나타났다 사라진다
그 무한의 반복 속에 하나의 이상(理想)을 실현하는 것은
결코 쉽지 않다

바람 부는 거리에서 나는 생각한다
바람이 이렇게 불어왔듯
나도 이렇게 여기에 서 있구나

바람이 불었다

바람은 홀로 불어오는 것은 아니었다

나도 바람과 함께 불어와 여기에 서 있구나

이제까지 그래 왔듯

바람이 불어 가는 곳으로 나도 언젠가는 떠날 것이다

2019년

바람에 관한 소고(小考) 5

겨울 아침, 바람이 소리를 내며 세차게 불었다

차갑게 몰아치는 바람이 싫었다
그러나 생각해 보면
때로는 이렇게 바람도 모질게 불어야 하는 것이다

이 땅의 역사가 그러했고
세상사 또한 그러하니
바람도 아프게 울어 대는 날이 있어야 한다

나는 그저 바람을 맞는 힘없는 사람
바람의 울음이 멈추기를 기다릴 뿐이다

바람이여
그대의 아픔을 내가 위로할 수는 없지만
부디 오랜 세월 그대와 함께한 나를 기억해 다오

2020년

바람에 관한 소고(小考) 6

태풍이 비바람을 뿌리며 심하게 몰아치는 깊은 밤
나는 방바닥에 누워 태풍의 소리를 듣는다

나의 삶에도 이렇게 태풍 치는 날 많았었지
왜 그런 아픈 날들이 있어야 했을까 궁금하기도 했다

TV에 기상전문가가 나와서 말한다
태풍이 피해를 가져오기도 하지만
지구의 기후를 위해서는 꼭 필요하다고

그것이 태풍이 치는 이유였던가……

혁명도 그러했지
혁명으로 힘겨운 사람들도 있었지만
때로는 혁명이 일어나서 역사가 바르게 흘러갔다

새로운 혁명을 꿈꾸는 나는
태풍과 혁명의 비슷한 점을 생각하며

자연과 역사의 법칙 앞에 숙연해진다

2020년

새로운 시대

기나긴 폭염이 지나고 9월 말의 어느 날
아침에 싸늘하여 가을옷을 입었다가
낮에 다시 더워서 여름옷으로 갈아입었다
밤이 되면 다시 싸늘하여 가을옷을 입을 것이다
이런 날들이 한동안 이어질 것이다

새로운 시대도 이렇게 오는 것이리라
힘을 내어 한 걸음 나아갔다가 거센 구시대의 역풍을 맞아 물러나고
잔뜩 움츠리고 있다가 다시 용기를 내고
이리저리 분위기를 살피며 눈치도 보고
그러다 한 걸음 다시 나아갔다가 또 주위를 두리번거리고
어디서 또 구시대의 돌멩이가 날아올지 모르는 일이다
21세기 대한민국에서 뭐 하나 새롭게 이루기가 쉬운 일이 있으랴

복잡하다는 것은 새로운 하나를 이루기 어려운 면도 있지만
하나를 이루면 수많은 변화가 따라서 생겨날 수 있다는 희망이기도
하다

새로운 시대에는 새로운 실천의 마음가짐이 필요하다

2018년

나의 방

햇빛이 들지 않는 나의 방
작은 지네, 귀뚜라미, 벌레들이 자주 들어오는 방
새벽에 잠을 깨어 불을 켜고
이리저리 서성이며 나는 생각하네
나는 지금 무엇을 기다리고 있는가
어떤 기약도 없으면서
그냥 나는 무언가를 기다리는 행동을 하고 있네

허전한 마음을 채워 줄 그 무언가라고 할 수도 있고
새로운 시대의 아침이라고도 할 수도 있을 것이네
어차피 나는 기다림에 익숙해진 마흔여덟
이제 기다림은 뼛속까지 스며든 습관이 되어 버린 듯하네

햇빛이 들지 않는 나의 방
낮에도 불을 끄면 어두컴컴하네
기다려도 햇빛이 들지 않는다는 것을 아네
그럼에도 아침을 기다림을 멈추지 못하는 것은

지나간 삶의 흔적……

2018년

내가 꿈꾸는 시인

내가 꿈꾸는 시인은
희망이 보이지 않는 곳에서
희망을 찾아내는 사람

"오늘은 옥수수 식빵이 다 나갔어요. 어떡하죠?"
미안한 듯 웃으시는 빵집 아주머님의 얼굴에서,
"이번 겨울도 많이 추울 거 같아요. 아, 추운 건 싫어요."
걱정스럽게 웃으시는 마트 아주머님의 얼굴에서,
무언가 아른거리는 희망을 잡고 싶었다

세상이 어지럽다지만
이 나라에 어진 백성들은 아직 많다

이 나라 백성들의 수많은 꿈들 속에서
새로운 희망을 그려 본다
보일 듯 보이지 않는 희망의 그림자……

훗날 때가 되면 누군가가 그 씨앗을 뿌리리

한 송이 찬란한 꽃으로 피어날 새로운 희망의 씨앗을⋯⋯

내가 꿈꾸는 시인은
희망이 보이지 않는 곳에서
희망을 찾아내는 사람

차가운 눈 내리는 겨울 벌판을 헤매 다니다
나무에 핀 매화 한 송이를 찾아내어
뜨겁게 눈물 흘리는 사람

2018년

구포역에서

옛 가게가 많은 중에 새로 생긴 가게들도 있다
구시대와 새로운 시대가 함께하는 느낌
오래된 건물들 사이로 호텔이라는 이름도 보인다
구포역의 봄 햇살은 포근했다

자주 갔던 단골 국밥집은 프랜차이즈 빵가게가 되었다
국밥집에서 맛있게 먹던 수육백반이 그리웠다
그때 그 아주머니 인심이 참 좋으셨는데 어디로 가셨을까

옛 생각을 하며 캔커피를 마시고 담배를 한 대 피웠다

허름한 옷을 입은 할머니가 오셔서 담배 두 가치만 줄 수 있냐고 물
으셨다
옛적의 내가 되어 그냥 드렸다

나는 이곳에 와서 잠시 쉬었다 간다
변해 가지만 옛 모습이 남아 있는 곳
따스한 기억은 있으나 아픈 기억이 없는 곳

옛적의 나로 잠시 돌아가는 곳

나는 다음에도 이곳에 와서 잠시 쉬었다 갈 것이다

2018년

사랑시

겨울에는 추워서 몸동작이 나도 모르게 빨라진다
사랑시 모음집 한 권을 읽어가다 빠르게 책장을 넘겼다
다 읽고 나서 조금 쉬는데
20년 전 사랑했던 그녀가 머리를 풀고 나타나 묻는다

"너에겐 나도 그렇게 빠르게 지나갔니?"

'아…… 아니다…… 그건 정말 아니다……'
나는 두 손을 내저었다

2018년

컴퓨터를 새로 산 후에

중고컴퓨터를 사서 6년 동안 쓰다가
제법 최신형 조립형 컴퓨터를 한 대 맞추었다

햐…… 자본주의 사회에서 돈이 좋긴 좋다
예전에는 한참 뜸을 들여 켜지던 컴퓨터가
이제는 전원 버튼을 누르면
금방 '주인님, 어서 저를 사용해 주세요.'
모니터 화면이 순식간에 나를 바라본다
새로 깐 한글 프로그램은 글자도 참 이쁘게 찍힌다

이 화면에서 저 화면으로
물 찬 제비처럼 이동하는 저 부드러움
클릭하자마자 떠오르는 화면의 빠른 속도에 놀라며
나는 멍해졌다

컴퓨터를 새로 샀다고 좋아해야 하나
자본의 위력에 감탄하는 나를 슬퍼해야 하나
혼란스럽다

2018년

예감(豫感)

봄날 서늘한 바람이 부는 아침
햇빛이 들지 않는 어두운 방에서 전등을 켜고
한 줄기 뇌리를 스쳐가는 희미한 섬광처럼
나는 나의 운명을 예감한다

지금은 매사가 고요하지만
머지않아 내게는 폭풍 같은 날들이 다가올 것이다
지금은 폭풍전야 같은 날들
그 소리 없는 긴장감에 가끔 온몸이 굳어지곤 한다

많은 일들이 뜻대로 되는 않는 가난한 날들이지만
나는 다가올 날들을 준비한다
내가 특별히 생각하지 않는 나의 일상도
어쩌면 그날들을 위한 준비인지도 모른다

운명은 참으로 신비하여

과거의 희미한 흔적으로 미래를 예감하게 만들고

그 길로 몸과 마음을 움직이게 한다

2018년

쉬어 가는 날

쉬어 가라
한여름 뜨거운 햇빛도 밤이 되면 쉬고
기나긴 바람도 쉬어 가는 때가 있나니
고독한 영혼들이여,
그대들의 뜨거운 열정에도 쉬어 감이 필요하나니
그대들을 뜨겁게 했던 그 모든 것들을 내려놓고
오늘 하루는 편히 쉬어 가기를……

2018년

어느 노검객(老劍客)의 노래

한 자루 검에 의지해 강호를 방랑한 세월이 어언 반백 년,

산과 강은 변함이 없으나 세상과 사람들은 많이도 변했다

나이 열 살이 되어 처음 검을 잡았건만

아직도 진정한 검의 이치(理致)를 깨우치지 못하여 서글프기 그지없다

맑은 강물에 얼굴을 비추어 보니 이제는 백발이 성성하고

검을 쥔 손에도 주름살이 가득하니 지나온 세월이 무상(無常)하다

푸르른 청춘의 시절 벗들과 함께 꿈꾸던 대의(大義)가 있었으나

세상은 험난하여 나의 꿈을 허락하지 아니하였다

내가 한평생 한 일이란 그저

끊임없이 자라나는 모진 악의 한 자락과 싸워 온 것뿐이다

달빛 고운 밤하늘 아래 잠이 들어도

꿈속에서는 나의 검에 쓰러져 간 적들의 비명소리가 생생하다

피 묻은 검을 맑은 강물에 씻을 때마다

잔인한 나의 운명에 눈물 흘리곤 하였다

한때 나를 사랑한 눈빛 선한 여인이 있었으나

한곳에 머물지 못하는 나의 운명은

사랑도 오래 허락하지 아니하였다

나는 진정 무엇을 위해 살아왔던가

수없이 날선 검을 휘둘러 왔건만

악을 일삼는 이들은 해마다 늘어만 가는구나

이제 강호의 어려운 일들은 기라성(綺羅星) 같은 후배들에게 넘기고

한줄기 바람을 벗삼아 여생(餘生)을 서늘하게 보내고자 하나니

부디 하늘이시여, 이를 허락하시기를……

2018년

순간에서 영원으로

나는 그대를 클릭한다
짧은 순간 그대를 스치고 지나가지만
나는 가끔 그대 영혼의 의미를 찾고 싶었다
불가능하겠지 무의미한 일이겠지 하고 생각했지만
그런 미련이 남는 것은
나에게 남아 있는 구시대의 흔적일까

순간은 너무 슬픈 것
영원은 너무 먼 길

한 번의 클릭으로도 그대의 영혼을 느끼고 싶다

그대와 나는 어차피 같이 사라져 가는 사람들
훗날의 기억도 우리를 외면할지 모르지만……

그럼에도 나는 순간에서 영원으로 가는 길을 꿈꾼다

2018년

시 쓰는 밤

봄비가 며칠이나 추적추적 내리는 깊은 밤에 시를 쓴다

이 고단하고 수도 없이 얽혀 있는 심상(心相)을 뭐라 말하기 참 힘들
구나

먼 시골에 계신 어머니는 홀로 주무시고

나 또한 홀로 이 밤을 빗소리를 들으며 이렇게 앉아 있다

참 오래도 되었다 이 가난하고 외로운 시간들

옛 벗들과 만난 지도 참 오래되었다

많은 길들을 걸어왔지만 이제 보니 허허로운 우주에 떠 있구나

차갑고 고요한 물속에 깊이 잠겨 있구나

나름 빛나고 높은 꿈을 좇은 적 있었으나

나의 존재는 우매하고 초라하여

하늘은 이 어두운 허공으로 나를 던져두셨다

다만 자그마한 별 하나 남겨 주셨으니

나는 밤이나 낮이나 그 별을 닦고 또 닦을 뿐이다

무정하게 지나버린 세월이 야속하여

옛 시절을 그리워도 해 보지만 흘러가 버린 강물과 같구나

하루 또 하루가 흐르며 이제는 흰머리도 조금씩 보이는 나는

이 어두운 밤, 하염없이 내리는 비가 되어 이 땅을 적시고 싶다

2018년

시를 쓴 날

시를 한 편 쓴 날은 마음이 푸근하다
여러 날 시를 쓰리라며 고민한 보람이 있다

이 삭막한 21세기 자본주의 대한민국에서
마음을 촉촉하게 적시는 시 한 편 쓰기 쉽지 않다
사막의 오아시스 같은 시를 쓰고 싶다
그 시원함을 사람들에게 전해 주고 싶다

시인도 이 세상에 사는 사람인지라
늘상 많은 고민에 시달리며 산다
나의 고민들이 방울방울 맑은 물이 되어
한 컵의 깨끗한 물 같은 시가 되었으면 좋겠다

오늘도 전쟁 같은 하루를 보낼 그대여
목이 마르면 시원한 물을 마실 것이며
마음이 고단하면 맑은 시 한 편 읽어 봄이 어떠한가

2018년

태을주 수행(太乙呪 修行)

이십대 초반 언제인가
눈을 지그시 감고 단정히 앉아 태을주를 잠시 읽는데
내 얼굴이 보였다
역시 눈을 감고 있었는데
주위에는 밝은 빛이 희미하게 둘러싸고 있었다

'어지러운 세상을 논하기 전에 먼저 너 자신을 보아라.'
'아무리 어려워도 너를 지키는 빛이 있음을 잊지 말아라.'
'네 안에 있는 빛을 찾아라.'
이런 천지신명의 깊은 뜻이 아니었을까
이십여 년이 지난 지금에 그런 생각이 든다

2018년

청수(淸水)를 모시며

오늘도 깊은 밤 청수를 모신다

오래전 옛날부터
우리의 어머님들께서 이른 새벽 첫물을 길어
장독대 위에 올려놓고 천지신명께 기도하시던 정화수(井華水)

갑자년[*]
수운(水雲) 선생님[**]께서 대구장대(大邱將臺)에서 순도(殉道)하실 때
모셨던 청수

갑오년[***]
동학혁명군들이 피로 물든 산하(山河)에서 모셨을 청수

일제치하
모진 박해 속에 보천교(普天敎) 600만 신도들이 모셨던 청수

그 역사 아래 나는 오늘도 깊은 밤 청수를 모신다

2018년

* 1864년
** 수운(水雲) 최제우(崔濟愚) 대신사(大神師)
*** 1894년

동양의 신(神)

이 우주 자체가 신이다
이 우주를 가득히 채우고 있는 신비한 생명력이 신이다
이 우주를 다스리시는 주재자(主宰者)가 신이다
이 우주에 존재하는 수많은 영혼들이 신이다
이 우주 만물에 신이 깃들어 있다
사람이 죽으면 누구나 신이 된다
이 글을 보고 있는 그대는 육체를 가진 신이다

이것이 바로 '동양의 신'이다

2018년

무극(無極)

빛이 없다 어둠도 없다
시간이 흐르지 않는다 공간도 없다
옳음도 없다 그름도 없다
착함도 없다 악함도 없다
아름다움도 없다 추함도 없다

그래도 한 가닥 기다림은 있지 않았을까
언젠가는 자신을 찾아올 신의 손길,
자신에게 실오라기 같은 의미라도 부여해 줄 그 무엇을 향한……

어지러운 세상의 모습에 지칠 때면
아무런 시비(是非)가 없는 무극에서 쉬고 싶다
허무의 끝에 몸을 누이고 싶다

2018년

역사(歷史)

내가 홀로 지내는 이 초라한 집에
주말이면 어머님과 여동생이 와서
이야기하는 소리가 방 밖에서 들린다
엄마와 딸 사이는 그렇게 서로 하고 싶은 말이 많은지
밤늦게까지 정다운 이야기가 이어진다

나는 평화로움을 느낀다
따뜻함과 즐거움도 느낀다
그러나 내가 살아 보니
기쁨도 슬픔도 다 흘러가는 것
시간이 지나면 다 옛 기억이 되는 것
그런 생각이 들면 가슴이 허전해진다

나는 '역사'를 생각한다
그는 내가 죽은 이후에도 오래 존재하며
나를 엄중히 평가할 것이다
나는 그 앞에 한없이 작은 존재,

그러나 그에게 한 줄기 빛을 던지고 싶은 것이다

2018년

역사를 향한 예(禮)

천지(天地)에 청수(淸水)를 올리고 이 글을 쓴다

달이 차고 기울어짐과 같이
나라는 운(運)에 따라 자연스럽게 흥망(興亡)이 따르나니
한헌제(漢獻帝)가 조비(曹丕)에게 양위(讓位)한 것이나
청(淸)이 신해혁명(辛亥革命)으로 쇠(衰)한 것이
슬퍼할 일만은 아닌 것이다

사람의 일도 그러하여
운에 따라 흥망성쇠(興亡盛衰)가 바뀜은
자랑할 일도 부끄러워 할 일도 아닌 것이다

다만 흥(興)하면 흥(興)하는 대로
쇠(衰)하면 쇠(衰)하는 대로
사람이 몸과 마음을 바르게 움직여야 하는 처신(處身)이 있는 법이니
그 길이 맑고 깊어 흔들리지 않는다면
가(可)히 도(道)에 가깝다고 할 수 있을 것이다

역사(歷史)는 천지(天地)의 귀물(貴物)인 사람의 일이며

천변만변(千變萬變)함은 물론

세월이 흐를수록 그 심오(深奧)함이 더해지나니

그 속에서 가르침을 찾고

몸을 숙여 예(禮)를 표함이 마땅한 것이다

파란만장한 이 시대의 역사에서

훗날

우리의 후손들이 예(禮)로 받들 것은 무엇일까

2019년

봄, 어느 일요일

5월 어느 일요일
늦잠을 자고 일어나
폴 엘뤼아르의 시를 읽었다
어머님께서 부르셔서 나갔더니
비스킷이 드시고 싶다고 하셨다
밖을 나가니 햇살이 눈부셨다
마트에서 비스킷을 고르며 나는
폴 엘뤼아르와 비스킷이 무슨 관계가 있는지 생각했다

방에서 다시 폴 엘뤼아르에 대해 생각하는데
밖이 너무 조용하여 나가 봤더니
어머님께서 마루에 누워 낮잠을 주무시고 계셨다
나는 폴 엘뤼아르와 잠자는 어머님이 무슨 관계가 있는지 생각했다

바깥문을 여니 봄바람이 따스했다

2019년

긴장과 집중

도서관에서 시집을 빌리면 2주일간 볼 수 있다
반납일이 10일이 넘게 남아 여유 있게 시집을 보려는데
시집을 손에 잡는 순간
나도 모르게 온몸의 긴장감이 시집으로 집중된다

시집을 처음 손에 잡을 때 긴장하고
시집을 펴서 좋은 시를 볼 때마다 다시 긴장한다

습관이다
학창 시절 처음 시집을 손에 잡았을 때는
그냥 낭만적인 설렘이었다
그러나 그 이후 시간이 흐르며
시집 한 권 한 권을 새로 읽을수록 긴장감이 누적되어 갔다
그렇게 쌓인 세월이 30년쯤 되었다

오늘도 새로운 시집을 편다
새로운 감성을 찾기 위해 나는 본능적으로 집중할 것이다
그러나 이제는 이런 긴장과 집중으로부터 벗어나고 싶다

시들을 바람과 함께 허공으로 자유로이 날아가게 하고 싶다

2019년

비 내리는 해운대

폭염이 이어지던 한여름 어느 날
해운대 바다에 조용히 비가 내린다
북적거리던 바닷가도 오늘 하루는 쉬어 가고
사람들도 우산을 쓰고 조용히 걸어 다닌다
나의 고뇌도 하루 쉬어 간다

오늘, 바다와 나는 비슷하다

2019년

내 마음속에 내리는 비

햇빛이 잘 들지 않는 나의 방은
비가 내리는 날
빗소리는 들리는데
내리는 비는 잘 보이지 않는다

주룩주룩 내리는 빗줄기를 보며
술 한 잔 기울이면서 폼 잡고
시 한 편 쓰고 싶던 나의 꿈이
이곳에서는 그냥 잠을 잘 뿐이다

빗소리는 들리는데
비는 내 마음속에 내린다

그 옛날 뜨거웠던 나를 식혀주던 빗줄기
그 비 오던 날들의 기억들이 마음속에 주룩주룩 내린다

2019년

이사를 앞두고

이사를 앞두고 깊은 밤 방 안에서 나는 생각한다
여기서 보낸 지난 6년간의 시간은 나에게 무엇을 말하고 있는가

햇빛이 들지 않는 방에서 몇 가지 꿈을 갖고 살았다
과거의 아픔을 잊지 못해 괴로워도 했다
내 인생은 왜 이럴까 신세한탄도 했다
티비 뉴스를 보며 욕도 자주 했다
어머님과 말다툼도 가끔 했다
그나마 시를 한 편 쓴 날과
저녁으로 치밥을 먹은 날은 기쁜 날이었다

어찌 다 말할 수 있으랴만
한순간 한순간들이 다시 아련한 추억이 된다

이 방은 다시 도배를 할 거라고 한다
방은 새로이 꾸며질 것이고

나는 버려지는 기억들을 안고 떠나야 한다

2019년

2019년 가을, 해운대를 떠나며

바람 많이 불었던 해운대를 떠난다
봄 여름 가을 겨울 바닷가의 빛남과 어두워짐을 수없이 보았으며
나 또한 쓰러짐과 일어섬을 많이도 겪었다

아직도 가진 게 없는 힘없는 몸이라
세파(世波) 흘러가는 대로 훌쩍 떠나가니
아, 이제는 원망도 후회도 다 여기에 남기고 떠나고 싶구나

되돌아보면
어린 시절 처음 해운대를 보았을 때부터 지금까지
바다는 변함없이 푸른빛으로 빛났다
다만 바다를 찾는 내가 변해 왔을 뿐이다

이렇게 떠나면서도
곧 다시 돌아올 듯한 느낌이 드는 건 왜일까
바다는 지금도 나를 부르고 있는 것일까

훗날

나는 또 어떤 사연을 가슴에 안고 다시 바다를 찾을 것인가

그때 바다는 다시 내게 어떤 말을 할 것인가

언젠가는

'이제는 모두 다 잊으라……' 그 말을 듣고 싶다

2019년

창녕(昌寧) 남지(南旨)에서

"남지~"라고 부르면 왠지 따뜻한 느낌이 난다

아침에 일어나 창문으로 들어오는 햇빛을 보니
마치 기나긴 터널을 빠져나온 듯한 기분이다

집 안에선 어머님도 나도 심신(心身)이 편안하고
차들이 적어 거리를 걷기도 평화롭다
사람들은 소박하고 따뜻하다

읍사무소에서도 이발관에서도
여기가 살기가 편한 곳이라고 한다

나는 이곳에서 다시 치열한 시간을 보내야 한다
그리고 어디론가 다시 떠나갈 것이다
아직 갈 길이 멀다

남지는 잠시 머물다 가는 곳이라는 생각이 든다

2019년

지천명(知天命)

공자(孔子)님께서는 나이 오십에 지천명(知天命)하셨다는데
그건 그분의 경지에서 하시는 말씀이시고
나는 일개 범부(凡夫)인지라
'천명'이라는 말을 들으니 머리가 아프다

새해가 되어서 내가 가장 잘 한 일은
가벼운 주머니 탈탈 털어서
캐나다산 종합영양제 한 통을 산 것이다
서랍장 위에 올려놓고 쳐다보니
보면 볼수록 위용이 당당하고 사랑스럽다
아침마다 한 알씩 먹으니 몸도 마음도 즐겁다

저 멀리 캐나다하고도 인연을 맺었으니
괜찮은 오십이지 않은가

2020년

남지에 봄비 내리는 날 1

다정한 마을 남지에 아침부터 봄비가 내린다
자그마한 집들이 더 예쁘게 보인다
봄비는 늘 많은 것들을 생각하게 한다

되돌아보니 내 삶에 이렇게 평화로운 날이 많지는 않았다

가시오가피주 한 병을 마시고 하늘을 바라보니
촉촉이 내리는 비는 이제 좀 쉬어 가라는 뜻인 듯도 싶다

적당히 흐려서 편안하게 보이는 하늘 아래 나도 고요해진다
비는 삭막한 나의 가슴에도 내려 고뇌를 식히나니
오늘은 서늘한 바람을 맞으며 그냥 내리는 비를 바라보고 싶다

2020년

남지에 봄비 내리는 날 2

겨울 내내 가물어서 근심이 깊었는데
3월 중순이 되어서 반가운 봄비가 내린다

잔잔히 하늘에서 내리는 맑은 비를 보며
힘겨웠던 겨울의 시간들을 위로받는다

이 비가 더욱 귀하게 느껴지는 것은
나의 긴 싸움에 마디를 지어 주는 느낌이 들어서다

비여,
나의 지난날들을 식혀 주고
메마른 가슴도 적셔 주고
나의 기나긴 싸움도 잠시 쉬게 해 다오

이 비가 그치면
나는 다시 머나먼 길을 가야 할 것이다

2022년

131

남지에서의 어느 토요일 오후

저녁을 생각하니 따뜻하게 먹을 밥과 국이 있고
도서관에 신청한 책들 오전에 받아 왔으니
즐거이 읽을거리 있어 기쁘다

하늘은 맑고 바람은 서늘하니
가히 마음이 쉬어 갈 만하다

세상사 멀고 먼 길이고
근심 걱정이야 끝이 없지만
오늘 할 일 있고 내일 할 일 따로 있는 것처럼
내일 할 고민은 내일로 미루고
이렇게 하루 쉬어 감도 괜찮으리라

2020년

창밖의 초승달 1

창밖의 초승달
서늘한 밤바람 부는데
검은 하늘 한가운데에 비스듬히 누워
나를 향해 미소 짓는다

2020년

창밖의 초승달 2

한여름 검은 밤하늘에 홀로 빛나는 초승달
나를 향해 미소 지으며 위로한다

'그대의 지나온 날을 아나니 이제 그만 슬퍼할 것이며
근심 걱정도 오늘은 그만 쉴지어다
그대의 꿈은 어둠 속에서 나처럼 밝게 빛나고 있으니
그것만으로도 그대의 삶은 충분히 가치 있는 것이다
부디 그대의 꿈을 포기하지 않기를……'

나는 오랜만에 쓰디쓴 술을 한 병 마셨다

2020년

창밖의 초승달 3

멀지 않은 곳으로 이사를 와서 무심히 지내다
울적한 밤 창밖을 바라다보니
칠흑같이 검은 밤하늘에 초승달이 자그맣게 빛나고 있다

'너도 나처럼 외롭니?
이렇게 나를 따라와 줘서 고마워
앞으로도 가끔씩 나를 찾아와 줘.'

달은 곧 사라졌지만
달빛은 내 마음속에서 사라지지 않았다

2021년

한여름 밤 검은 밤하늘

한여름 밤 창밖의 검은 밤하늘
달빛도 별빛도 보이지 않는 그저 검은 고요
가만히 쳐다보고 있으니
슬며시 내 가슴속으로 들어온다

텅 비고 검고 고요하여라
되돌아보면 그렇게 살고 싶었던 적도 있었지
세상만사가 무상(無常)하게 보이니
그저 아무것도 보이지 않는 검은 밤하늘처럼
고요한 마음으로 한세상 조용히 살고도 싶었다

검은 고요가 내 마음속에 들어오니
번뇌들이 사라지고 평화롭다

한동안 검은 밤하늘을 사랑하며 살게 될 것 같다

2020년

남지의 가을

한여름 긴 장마가 지나가고
폭염으로 힘든 시절이 지나고
다시 3개의 태풍이 한반도를 강타하고
이제 가을이 왔다

아직 코로나와 경기불황이 여전하지만
그래도 이제 숨을 좀 돌리려나 싶은데
선선한 가을바람이 불어와 지친 나를 위로한다

세월은 늘상 그랬지
때로는 잔인하기도 하고
때로는 아름답기도 했다

남지의 한 목욕탕에서 찬물에 몸을 식히고
집에 돌아와 맑은 의식으로 세월을 잠시 회상한다

세월의 고비는 험난했고
앞으로도 그러할 것이니

벌써 겨울을 걱정할 필요는 없으며

이 남지의 맑게 빛나는 하늘을 감사히 바라볼 것이다

2020년

남지장터

나 태어나서 이렇게 자그마한 장터는 처음 보았다
길 하나를 둘러서 작은 천막들이 오손도손 자리를 잡는다

천막들은 색색들이 소박한데
흰색 천막들이 참 이쁘다

장터가 작다고 우습게 보면 안 된다
오징어 젓갈은 감칠맛이 나고
상추는 참 파르라니 신선하다
생닭은 튼실하고 싱싱해서
푹 삶아 먹으면 국물 맛이 일품이다

한번은 반찬가게 아주머님이 안 나오셨다
어디 편찮으신가 생각했는데 다음 장에 나오셨다
"아주머니, 저번에 안 나오셨더군요."
"아, 조카가 장가를 가서요."
나는 그냥 웃고 말았다

나는 훗날에도 흰색 천막을 보면 이 장터를 기억할 것이다
나의 이 쓸쓸한 날들과 함께……

2020년

첫 번째 코로나 겨울

겨울이 찾아와 12월 중순
매서운 한파가 들이쳤다
하루 확진자 수는 1000명을 오르내리고
사람들의 어깨는 움츠러들었다

불을 때지 못하는 방 안은 스산하다
조그만 스토브 1단을 켜고
전기장판 위에 누워 이불을 덮고 몸을 녹인다
방바닥에는 몇 권의 책과 '교차로' 몇 부가 쌓여 있다
공공근로 신청하고 발표를 기다린다

2020년

세밑 한파를 앞두고

내일부터 세밑 한파가 온다네
교자상에 책을 올려놓고 漢詩(한시)를 읽네
李白(이백)은 酒道(주도)에 通(통)하였고
杜甫(두보)는 世事(세사)에 通(통)하였으니
그 경지가 가히 심오하네

날이 덥고 추움은 하늘의 일이라 어쩔 수 없고
방에 불을 땔 기름이 없는 것도 어쩌면 나의 운명이라
어찌 할 수가 없네
곧 한 살을 더 먹게 되는 것도
세상 사람들 다 겪는 일이라 한탄할 바가 못 되네
다만 참 많은 노력을 기울였음에도
세상에 내어놓은 성취가 없음이 부끄러움이네
나이 오십의 끝자락에서 앞길을 내다보니
고단한 인생 아직도 갈 길이 머네
뜨거운 커피 한 잔을 마시고

잠시 누워 눈을 감아 근심을 달래네

2020년 12월 29일

관성제군(關聖帝君)을 추모하며*

의(義)를 향해 가는 길이란 그 스스로 외로우며
수많은 시련과 유혹에 시달리나니
그대의 삶도 참으로 고단하였겠습니다

조조가 권한 부귀와 영예도 그대의 길을 막지 못했고
천하의 미녀들도 그대의 눈엔 한낱 지푸라기였습니다

더운 술 한 잔 식기 전에 역적 화웅을 처단하고
천하의 맹장(猛將) 안량과 문추를 단칼에 베어 버린 용맹보다
더욱 빛나는 것은 그대의 삶에 높이 치켜든 의(義)의 검(劍)이었습
니다

여몽의 계략에 속아 손권에게 잡혀갔을 때
구차히 목숨을 구하지 않고 죽백(竹帛)에 푸르른 이름 남기기 원하셨
으니
순간을 죽어 영원을 사시는군요

144

천하의 악(惡)이란 그대가 든 한 자루 청령언월도만으로 다 베어지진
않지만
그대의 삶은 이 못난 후학에게 큰 귀감(龜鑑)이 됩니다

난세(亂世)일수록 의인(義人)은 귀한 법이라
맑은 술 한 잔 높이 들어 그대의 삶을 추모하나니
부디 이 시대 천하 사람들의 가슴속을 밝히는 빛으로 남으소서

2021년

* 위 시는 '창작과비평사'의 『삼국지』(나관중 저, 황석영 번역)를 바탕으로 썼습니
다. 실제 역사의 사실과는 다른 부분이 있습니다.

장애인 주차구역 단속

1월부터 장애인 주차구역 단속 일을 했다
남지 곳곳에 있는 장애인 주차구역을 돌아다녔다
나는 마냥 걷는 것이 좋아서 걷고 또 걸었다
맑은 하늘에 해는 눈부시게 빛나고
차가운 겨울바람은 나의 괴로움을 식혀 주었다

내 뜻과 상관없이 떠도는 나의 삶과
나를 떠나지 않는 가난이 서러웠지만
그래도 이렇게 살아서 바람을 느낄 수 있다는 것이 위안이 되었다

정 선생님은 아무것도 모르는 나를 차에 태우고 다니며 일하는 법을
알려 주셨고
김 선생님은 내가 힘들 때마다 자전거를 타고 와서 즐거운 이야기를
들려주셨다
오랜 세월 외로이 지냈던 나는 그분들이 늘 고마웠다

너무 추운 날은 손이 얼어 경고장을 버벅거리면서 쓰고
비가 오는 날은 우산을 내리고 종이를 쓰느라 온몸이 흠뻑 젖기도 했다

가끔 장애인 주차구역을 위반한 사람들과 실랑이도 있었지만
지나고 나니 그 또한 추억이 된다

12월이 되어서 일이 끝났다
훗날 내가 어디로 떠나든
차가운 바람과 따뜻한 사람들과 함께한 이 시간들을 잊지 못할 것이다

2021년

두 번째 코로나 겨울

입춘이 지나고 얼마 안 있어 한파가 몰아쳤다
오미크론 하루 확진자는 9만 명을 넘어서고
TV에는 자영업자들의 절규가 울려 퍼진다
대선을 앞두고 후보들이 저마다
자기가 적임자라고 목소리를 높인다

보일러에 기름이 남아 있어 방에 불을 땔 수 있다
실업급여로 치킨을 한 마리 사 치밥을 먹었다
믹스커피를 한 잔 마시며 생각한다
아직도 내게는 기다림의 시간인가……

2022년

남지버스터미널

가을과 겨울에 걸쳐
몇 달 동안 복작복작 공사를 하더니
새 단장을 한 남지버스터미널이 문을 열었다
연노란색 작은 자태가 참 이쁘다
입구에는 시각장애인을 위한 점자안내판이 있고
안에는 모유수유실도 있다
화장실도 참 아담하고 깨끗하다

이곳을 드나들며
나는 나의 새로운 이야기를 써 갈 것이다

2022년

기다림

이제 또 기다림의 시간이다
어제는 태풍 힌나노가 지나가길 기다렸다
태풍이 지나간 다음에도 또 다른 기다림이 있다

그러고 보면 내 삶에 기다림의 시간이 참 많았다
기다림의 시간은 무겁다
무겁고 외롭고 조금은 불안하다

언제 좋은 소식이 와서 기다림이 끝날까 생각하면
오히려 더 우울해질 때가 많았다
한때는 기다림에 지치기도 했는데
나이 오십이 넘으니 그러려니 하고 조금은 담담해진다

어차피 삶은 기다림의 연속이다
좋은 소식을 기다리고 보고 싶은 사람을 기다리고
모임을 기다리고 때로는 시간이 빨리 가기를 기다리고……

모든 기다림이 끝나면 우리는 죽음을 맞이할 것이다

그러니 기다리고 있다는 것은 살아있다는 것의 또 다른 표현이 아닐까

그래서 삶이 어려운 만큼 기다림도 어려울 수밖에 없는 것일까

언제쯤에야 나는 나의 기다림까지도 사랑할 수 있을까

2022년 9월 6일

혁명으로 가는 길

혁명으로 가는 길은 쉽지 않다
과연 이 혁명을 시작이나 할 수 있을까 회의감에 빠질 때도 많다
아무것도 못하는 채로 멍하니 밤하늘을 바라봐야 할 때도 많다

오랜 정체의 시간 끝에
나는 세상을 향해 손을 한번 내밀어보기로 했다
무릇 일이 이루어짐은 하늘에 달린 것
나는 그저 이 미약한 육신으로 할 수 있는 바를 다하는 것이다

역사는 나를 이루지 못할 혁명을 꿈꾼 몽상가로 기록할지도 모른다
그러나 신은 나의 치열했던 노력을 기억할 것이다

어둠이 내리는 저녁 어스름
나는 혁명의 성공을 기원하며 한 잔의 술을 마신다

2022년

내 안의 혁명

이제껏 우리는 행복의 이유를 밖에서 찾아 왔다
이제는 우리 행복의 근원(根源)을
우리의 안에서 찾아야 할 때이다

하늘은 인간을 사랑하사
세 가지 보물을 인간의 몸 안에 담아 주셨으니
그것은 성(性), 명(命), 정(精), 삼진(三眞)이다

'성(性)'은 머리 안쪽 상단전을 중심으로 존재하고
'명(命)'은 가슴 안쪽 중단전을 중심으로 존재하고
'정(精)'은 아랫배 안쪽 하단전을 중심으로 존재한다

수행(修行)으로 이 삼진을 밝히면
마르지 않는 샘물 같은 행복감이 나에게 흘러들어 오나니
여기에는 부귀빈천의 차별이 없다

들끓는 번뇌를 가라앉히고 바르게 앉아
정성스럽게 주문(呪文)을 읽어 보라

마음속에 어두움이 사라지고 밝음이 찾아옴을 느낄 것이다
경지가 깊어지면 잔잔히 밀려오는 행복감을 느낄 것이다

이것이 '내 안의 혁명'의 시작이다

2022년

생존혁명

근래 증산도 도문에서는
'무병장수 조화신선 수련법'을 전수하고 있다
2만 5천년 전 고대 마고성(麻姑城)에서부터 시작된 수행의 역사를
종도사님께서 깊은 깨달음을 얻으시고 내려 주신 것인데
도훈 말씀을 들으니 그 깊이가 아주 심오하다

수련하는 분들의 체험담을 몇 달 들어 보니
불치병이 치유되고
광명(光明)을 체험하는 경지가 대단하다

도장에서는 매일 새벽 이 수련법으로 수행을 하는데
그 명칭이 '생존수행'이다
살아남기 위한 수행이라는 뜻이리라

나는 생각한다
코로나 19가 아직 유행 중이고 원숭이 두창이 번지고
다시 새로운 감염병이 예견되고 있는 이 병란의 시대
동방의 수행법으로 생존의 길을 열어 간다는 것이 참 신비하고 놀랍다

'빛의 인간이 되어야 한다'는 말씀이 늘 머릿속을 울린다

한 사람이 질병과 죽음의 어둠에서 벗어나
죄업과 타락의 어둠에서 벗어나
빛의 인간으로 살아간다는 것,
그것은 혁명이다
진정한 '생존혁명'이다

2022년 8월 23일

역사혁명

우리는 우리의 고대사를 찾아야 한다

일제는 수많은 사서를 없애며
자기네 역사보다 우월한
우리의 환국, 배달국, 단군조선, 7천년 역사를 지우려고 했다

그리고 그 바탕에서 조선사 35권을 편찬했다
해방 후 77년이 지났지만 아직 대한민국의 학교에서는
그 왜곡된 역사를 가르치고 있다

우리가 우리의 고대사를 찾아야 하는 이유는 무엇인가?
역사의 진실을 밝히는 것도 중요하고
우리 조상님들의 참모습을 아는 것도 중요하다
또한 우리가 중요하게 알아야 하는 것은
이 아픈 시대를 치유할 희망이 고대사에 있기 때문이다

물질적으로는 지금보다 뒤떨어졌지만
선인(仙人)들이 하늘로부터 받아 내린 귀한 수련법과 가르침이 있어

정신문명은 지금보다 훨씬 더 뛰어난 시대였다
최소한의 법으로 백성들이 평화롭게 살아간 것도
중국과의 관계에서 우위에 선 것도
그 바탕은 위대한 정신문명이었다

지금 대한민국은 아프다
물질문명은 발달했지만 국민들의 의식은 황폐하다
나라는 갈등과 투쟁으로 조용할 날이 없다

이제 우리는 우리 정신문명의 뿌리를 찾아가야 한다
하늘로부터 받은 수련법과 가르침을 복원해서
이 아픈 시대를 치유하는 약으로 써야 한다

우리의 고대사를 밝혀서 희망의 미래를 열어가는 일
이것이 '역사혁명'이다

2022년

세 번째 코로나 겨울

러시아-우크라이나 전쟁으로 기름값이 많이 올랐다
보일러 눈금이 늘 신경이 쓰인다

내일이 설날인데
설 연휴 마지막 날에 한파가 몰아친다고 한다
나는 이른 저녁 매실주 한 병을 마시고 음악을 듣는다

아직도 많은 것들이 어렵지만
올해는 시집을 내려는 나의 꿈이 이루어질 듯한 느낌이 든다
세상사라는 것이
가난한 시절도 힘들지만
새로이 일어서는 과정도 참 힘이 든다
이만큼 버텨 온 것도 장하다고 나를 스스로 위로해 본다

2023년

우리가 세상을 보는 것은

ⓒ 백기홍, 2023

초판 1쇄 발행 2023년 5월 8일

지은이   백기홍
펴낸이   이기봉
편집   좋은땅 편집팀
펴낸곳   도서출판 좋은땅
주소   서울특별시 마포구 양화로12길 26 지월드빌딩 (서교동 395-7)
전화   02)374-8616~7
팩스   02)374-8614
이메일   gworldbook@naver.com
홈페이지   www.g-world.co.kr

ISBN   979-11-388-1886-5 (03810)